Ляльчин ніс

Автор Міранда Хаксія

Малюнки Урсули К

АМСТЕРДАМ БУДАПЕШТ

Це видання проекту «Читацький Куточок» (Reading Corner)
Міжнародної асоціації «Крок за кроком»

Keizersgracht 62-64
1015 CS Amsterdam
Нідерланди
www.issa.nl

INTERNATIONAL
STEP by STEP
ASSOCIATION

ISBN 978-1-931854-28-3

PRINTED IN U.S.A.

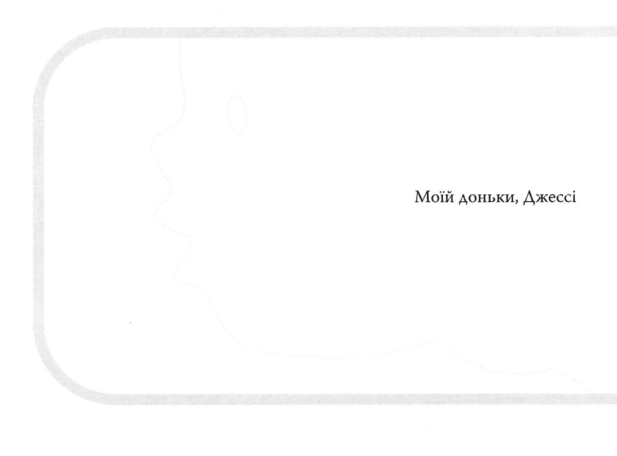

Моїй доньки, Джессі

Міжнародна асоціація «Крок за кроком» (ISSA) сприяє розвитку якісної освіти для кожної дитини, що базується на демократичних цінностях та відданості принципам розмаїття та інклюзії. ISSA виконує свою місію шляхом інформування, навчання та підтримки людей, що мають вплив на життя дітей. ISSA відстоює ефективну політику, розробляє стандарти, сприяє дослідженням та забезпечує можливості для професійного розвитку та зміцнення міжнародних співтовариств. Для отримання більшої інформації звертайтеся на сайт www.issa.nl.

У Клари була чудова лялька.

У Ани була чудова лялька також.

"Давай гратися разом, Мері!"
– кликали вони Мері.

"Я не можу з вами гратися",
– відповідала Мері.
"У мене немає ляльки".

Мері спостерігала, як гралися
її друзі.

І сумно поверталася додому.

"Чи можна мені мати ляльку?"
– запитувала вона свою маму.

"Я б хотіла, щоб у нас були гроші
на ляльку", - відповідала мама.
"Але їх у нас немає".

Тоді у Мері з`явилася ідея:
"Чи можу я виготовити ляльку?"
– запитала вона.

"Яка гарна ідея!" – промовила мама.

Мері разом з мамою почали оглядати
будинок в пошуках речей, з яких Мері
могла б виготовити ляльку.

"Ось кошик з різними речами", сказала
мама. Мері знайшла у ньому м`яку
шерстяну та бавовняну тканину,
ножиці та клей.

"Спочатку я зроблю тулуб
ляльки", – вирішила Мері.

Вона почала намотувати довгі
шматки тканини на олівець.

Вона намотувала і намотувала,
аж поки це не перетворилося на
м`який тулуб.

"Важко робити голову ляльки",
- сказала Мері своїй мамі.

"Я знаю, що вона повинна
бути круглою, але що я можу
використати для цього?"

Мері почала намотувати м`які шерстяні нитки на монету.

Вона прив`язала монету до тіла ляльки міцною ниткою.

"Повністю підходить!" – сказала Мері.

"Який же мені колір використати для волосся?"

Мері знайшла деякі шерстяні нитки жовтого кольору і приклеїла їх до ляльчиної голови.

Тоді вона перев`язала волосся блакитною стрічкою.

"Твоїй ляльці потрібні очі",
– сказала мама.

Мері взяла чорний олівець і
намалювала двоє прекрасних очей,
таких темних, як оливки.

Тоді вона взяла мамину губну
помаду, щоб намалювати яскраві
червоні губи.

"Що ж ти можеш одягнути?"
– думала Мері.

Разом з мамою вони вони
пошили чудову сукню для
ляльки.

"Тепер ти готова вийти на
вулицю і гратися", – сказала
Мері.

"Апчхи!", – чхнула Мері. "Апчхи!"

Вона витягнула носову хустинку і витерла носа.

Ніс! Її лялька не мала носа!

"Як ти зможеш чхати?"– подумала Мері.

Вона пошукала, з чого можна виготовити ніс.

Мері спробувала морквину.
"Надто довга", – сказала Мері.

"Ти будеш виглядати, як Пінокіо".

Мері спробувала грейпфрукт.

"Твій ніс завжди буде мокрий!"
– сказала вона, сміючись.

Мері спробувала зернятко
пшениці, але воно було надто
маленьким.

"Квасоля!" – вигукнула Мері.

"Можливо, квасоля буде
потрібного розміру".

І вона була!

Нарешті, лялька Мері була готова гратися.

Мері вибігла на вулицю, щоб показати свою ляльку Кларі та Ані.

"Звідки у тебе така красива лялька?" – запитала Ана.

"Я зробила її!" – відповіла Мері.

"Це найгарніша лялька, яку я коли-небудь бачила", сказала Клара. "Ти зможеш навчити нас робити ляльки?"

"Звичайно". Мері посміхнулася гордо.

Після обіду Мері, Клара
та Ана гралися із своїми
ляльками.

"Завтра я буду вчити вас,
як робити ляльки", – сказала
Мері Кларі та Ані.

За вечерею Мері розповіла мамі про те, як сподобалася її нова лялька друзям.

Після вечері Мері почала позіхати.

"Ми так багато гралися з моєю лялькою, що дуже хочемо спати", – сказала Мері.

Мама поклала Мері до ліжка і поцілувала її, сказавши "Надобраніч".

Мері поклала свою ляльку у ліжко і поцілувала її, сказавши "Надобраніч".

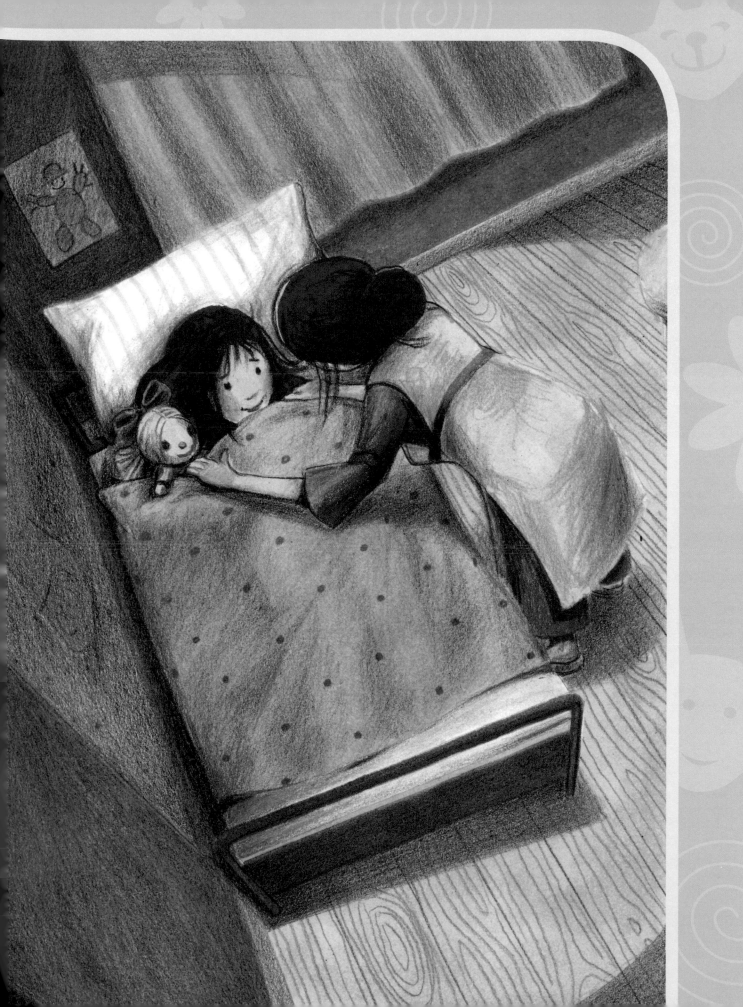

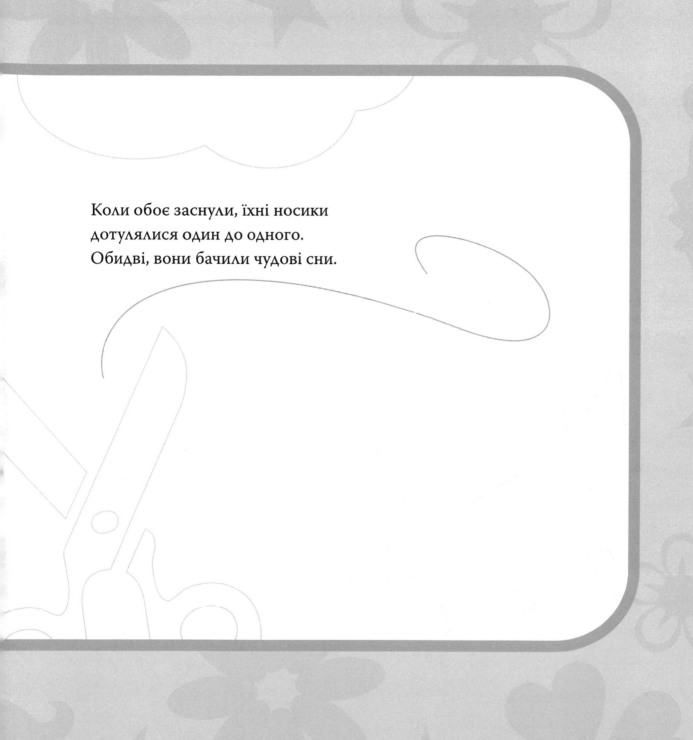

Коли обоє заснули, їхні носики
дотулялися один до одного.
Обидві, вони бачили чудові сни.

Made in the USA